Passe cola aqui. **Passe cola aqui.**

O BEBÊ

Escreva o nome do bebê em um papel na medida 12,3 x 2,9 cm e cole aqui.

Cole aqui a foto do bebê na medida 12,5 x 7,5 cm.

Após personalizar o livro com a foto e o nome do bebê, cole esta página com a anterior. Passe cola nos locais indicados.

Passe cola aqui. **Passe cola aqui.**

Dados Internacionais de Catalogação na Publicação (CIP)
(Câmara Brasileira do Livro, SP, Brasil)

Sousa, Mauricio de
 Turma da Mônica baby : livro do bebê /
Mauricio de Sousa. – 1. ed. – Barueri :
Girassol Brasil, 2017.

 ISBN: 978-85-394-2197-8

 1. Bebês - Crescimento 2. Livros de recordações
3. Livros do bebê I. Título.

17-07615   CDD-649.1

Índices para catálogo sistemático:
1. Livro do bebê 649.1

GIRASSOL BRASIL EDIÇÕES EIRELI
Av. Copacabana, 325, Sala 1301
Alphaville - Barueri - SP - 06472-001
leitor@girassolbrasil.com.br
www.girassolbrasil.com.br

Diretora editorial: Karine Gonçalves Pansa
Coordenadora editorial: Carolina Cespedes
Assistente editorial: Laura Camanho
Projeto gráfico e diagramação: Patricia Benigno Girotto
Consultoria técnica: Cláudia Necchi

Direitos desta edição no Brasil reservados à
Girassol Brasil Edições Eireli.

Impresso na China

Estúdios Mauricio de Sousa

Presidente: Mauricio de Sousa
Diretoria: Alice Keico Takeda, Mauro Takeda
e Sousa, Mônica S. e Sousa

**Mauricio de Sousa é membro
da Academia Paulista de Letras (APL)**

Diretora Executiva
Alice Keico Takeda

Direção de Arte
Wagner Bonilla

Diretor de Licenciamento
Rodrigo Paiva

Coordenadora Comercial
Tatiane Comlosi

Analista Comercial
Alexandra Paulista

Editor
Sidney Gusman

Revisão
Ivana Mello

Editor de Arte
Mauro Souza

Coordenação de Arte
Irene Dellega, Maria A. Rabello, Nilza Faustino

Produtora Editorial Jr.
Regiane Moreira

Designer Gráfico e Diagramação
Mariangela Saraiva Ferradás

Supervisão de Conteúdo
Marina Takeda e Sousa

Supervisão Geral
Mauricio de Sousa

Condomínio E-Business Park - Rua Werner Von Siemens, 111
Prédio 19 – Espaço 01 - Lapa de Baixo – São Paulo/SP
CEP: 05069-010 - TEL.: +55 11 3613-5000

© 2022 Mauricio de Sousa e Mauricio de Sousa Editora Ltda.
Todos os direitos reservados.
www.turmadamonica.com.br

Querido Bebê,

Antes de você nascer, não tínhamos a menor ideia de como seria a nova rotina. Foram meses de espera, preparação e de ansiedade.

E, então, o grande dia: você chegou! Que alegria! Que emoção! Descobrimos, porém, que os bebês não são como nos contaram...

São muitas descobertas, trocas de fralda, choros, boquinhas, papinhas, brinquedos, músicas, banhos... E muitos, muitos beijos e amassos!

Tão pequenino e já mudou totalmente as nossas vidas. É como se virássemos a página e novos personagens entrassem na história, mudando tudo.

História nossa, agora recheada de boquinhas e caretas, como o apetite da Magali. Às vezes, quando trocamos a fralda ou você não gosta de algo, tem a braveza da Mônica. E até algumas primeiras palavras *eladas* como as do Cebolinha. Mas não deixamos você ficar igual ao Cascão, não! Você adora um bom banho!

Em apenas alguns meses, você nos ensinou o verdadeiro sentido de amar. Já compreende muita coisa e nós estamos ainda tentando compreender cada chorinho, cada olhar, cada soninho... Mas aprendemos que você ama: músicas, colo de qualquer tipo e em qualquer horário, brinquedos barulhentos, figuras coloridas e passear de carro. Adora colocar tudo na boca, rasgar papéis, dormir com a mamãe e bagunçar com o papai!

Foi um ano encantador, simplesmente mágico. A dedicação para que você ficasse quentinho, se sentindo seguro, protegido e amado foi total!

Nós nos tornamos pais, fonte de amor, abraços e carinhos intermináveis... Somos amor e amamos você.

Mamãe e Papai

Foto do bebê

Meu nome é:
_____

Mamãe, Papai e Eu

Foto dos pais
(Mamãe grávida)

Na barriga da mamãe, eu adorava quando ela comia:
___
Porém, não gostava muito de:
___
A mamãe e o papai achavam que eu:
___
___

CHEGUEI!

Data: _____ Hora: _____

Peso: _____ Altura: _____

Primeira foto do bebê

Saúde
Felicidade
Carinho

Quem me visitou:
_____
_____
_____
_____

Comentários que fizeram:
_____
_____
_____
_____
_____
_____
_____

MEU QUARTINHO...

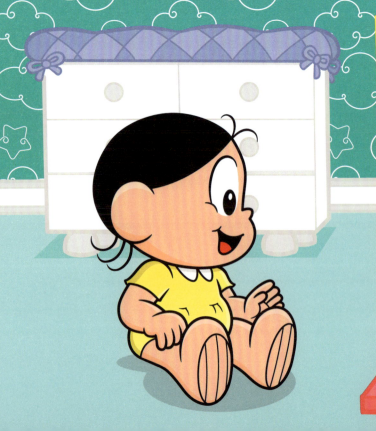

Foto do quarto do bebê

Foto do quarto do bebê

Foto do bebê no quartinho dele

A História
Esse quarto foi escolhido porque:
_____
_____
_____
_____
_____
_____

O detalhe foi:
_____
_____
_____
_____
_____
_____

Foto do bebê

Meu sono...

À tarde, eu tiro uma soneca no _____
_____
Na hora de dormir, eu gosto de_____
_____

MOMENTO ESPECIAL

Foto de um momento especial

Esse momento foi especial porque:

NHAM! NHAM! NHAM!

Receita da primeira papinha

Ingredientes:
_____
_____
_____
_____

Modo de fazer:
_____
_____
_____
_____
_____
_____
_____

E muito carinho!

Quem deu a papinha foi:
_____

Eu achei:
_____
_____
_____

Foto do bebê sorrindo com os primeiros dentinhos

Meu primeiro dentinho nasceu quando eu tinha _____ meses.

Quem viu primeiro foi:

PASSEIO NA PRAIA

Que mistura gostosa: sol, água, areia e você!

Foto do bebê na água

Data: _____
Fui com: _____
Achei: _____
_____

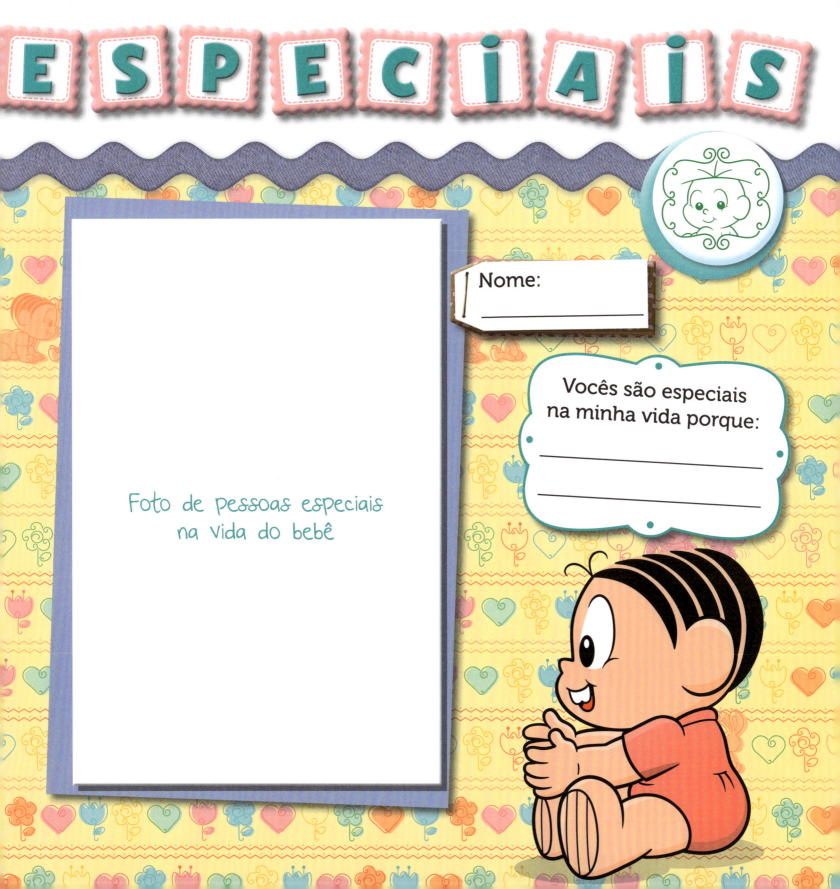

OLHA COMO EU CRESCI...

IDADE	PESO	ALTURA

Nada é mais valioso do que ver você crescer...

Dicas para completar seu livro

Scrapbooking é uma técnica artesanal de personalizar álbuns e livros, em que se pode usar diferentes papéis, fitas, botões, adesivos, carimbos...

Tudo que sua imaginação criar! O mais importante é guardar as emoções de cada fotografia com sentimentos e detalhes que a imagem nem sempre retrata.

A ideia é você registrar os principais momentos da vida do seu bebê de forma especial.

Aqui vão algumas dicas úteis:

- Use sempre fita adesiva dupla-face para colar as fotos.
- Nunca use cola líquida, a não ser que esteja escrito na embalagem que ela é "acid-free", isto é, sem ácido.

A acidez pode danificar as fotos com o passar do tempo.

- As fotos 3 x 4 cm cabem perfeitamente na árvore genealógica.

Mas, se você não tiver as fotos de toda a família, pode recortar fotos maiores nesta medida.

- As páginas que possuem um detalhe "invadindo" o espaço reservado para a foto vão ficar mais bonitas se você recortar a foto seguindo a curvatura do desenho. Para isso, faça um molde de recorte com uma folha de papel transparente, depois transfira para a foto escolhida. Vale a pena tentar, vai ficar um charme!
- Por fim, a dica mais importante é que este livro seja preenchido com muito amor e dedicação.

Divirta-se!